노
무
현
입
니
다

노무현 대통령 미공개 사진에세이

노무현입니다

글 / 정철

사진 / 장철영

바다출판사

"싶
었
다
"

정치인 노무현이 아니라 사람 노무현을 조용히 관조하고 싶었다. 사람 노무현 속에는 어떤 성분들이 꿈틀거리고 있었는지 살펴보고 싶었다. 역사라는 이름으로 그를 포장하지 않고 날것으로 그를 만나고 싶었다. 그에게서 한 걸음 물러나 그가 살아온 풍경 전체를 조망하고 싶었다. 사진 속 표정만으로는 들을 수 없는 그의 마음 깊은 곳 이야기를 읽어내고 싶었다. 우리가 그를 완전히 내려놓지 못하는 이유가 그리움 때문인지 미안함 때문인지 알고 싶었다. 노무현을 왜 과거형이 아니라 현재진행형이라고 하는지, 왜 노무현이라는 세 글자 뒤에는 아직 마침표를 찍을 수 없다는 건지 그 이유를 듣고 싶었다. 그에게 쏟아졌던 비난들까지 여전히 현재진행형인지 묻고 싶었다. 그가 우리에게 던진 숙제가 차갑게 식어 버린 건 아닌지 만져 보고 싶었다. 그리고 누구보다 치열했던 그의 인생 앞에 쉼표 같은 책 한 권 선물하고 싶었다.

2012년 5월 정철

책을 내기까지 수많은 사진을 정리하면서 계속된 그리움에 눈물을 흘렸다. 그리고 이제 마무리해야 한다는 생각이 들었다. 두 번 다시 담을 수 없는 당신이 되어 버린 '노무현'. 그가 세상에 이별을 고한 날 힘겹게 49장의 미공개 사진을 발표하며 그를 그리워했다. 그로부터 많은 사랑과 도움을 받은 나로선 너무도 죄송할 뿐이다.

이 책을 마무리하는 지금 그의 빈자리를 그리움으로, 또 그를 존경하고 사모하는 이들의 모습으로 채우며 마음을 추스르고 있다. 5년 동안 내내 했던 말, 그리고 마지막으로 한 번 더 외치고 싶은 말이 있다.

"대통령님! 촬영하겠습니다."

2012년 5월 장철영

사
람
이

있
었
다

사람이 있었다.

작고
볼품없는
사람이 있었다.

해군 진해 공관과 계룡대 휴양시설은 군부대 안에 있어 외부
에 노출되지 않았다. 노무현 대통령은 계룡대보다는 진해의
공관을 더 찾았다.

아무도
주목하지 않는
사람이
있었다.

해인사 방문 후 휴식 공간으로 나와 담배를 피워도 되는지 물
었다. 비서의 담배를 피우고 있다가 옆에 있던 수행원이 다른
담배를 권하니 이내 받아들고 담뱃불을 이어 불을 붙였다.

어느 날
그가
봉우리에
오르고
싶다고
했다.

2005.08.21 북악산

청와대에 있을 때 종종 북악산에 올랐다. 그때마다 이 좋은 곳을 왜 우리만 다니냐고 했다. 이날은 문화재청장과 함께 올랐다. 그리고 이후 북악산길 공개를 위한 정비와 공사에 들어갔다.

봉우리에 올라
야 호!
소리치고 싶다고 했다.

야　호！
소리가
얼마나 넓게 퍼지는지
또
그 메아리는
얼마나 큰 소리로
되돌아오는지
알고 싶다고 했다.

2007.11.16 예술의전당

〈Beautiful Life〉 콘서트를 보기 위해 찾은 예술의전당에서
관람객들에게 인사를 하고 있다. 이날 공연에는 보육원,
사회복지관 등 소외계층과 수능 수험생과 학부모도 함께
했다.

왜
아무도 봉우리에
오르려 하지 않는지

야　호　!

소리치면
정말 하늘이 무너지기라도 하는지
그게 궁금해서
견딜 수 없다고 했다.

보고서를 무척 빨리 읽었지만 결코 대충 보지 않았다. 처음부터 끝까지
다 읽었다. 놀라울 정도로 속독을 했음에도 구체적인 내용과 숫자까지
기억했다.

사람들은 말렸다.

그 작고
볼품없는 몰골로는
봉우리에 오르기 어렵다고 했다.

다시 내려올 것을
뭐하러 힘들게 올라가느냐고 했다.

이고 지고 가야 할 게 너무 많아
중턱에도 오르지 못하고
주저앉을 거라고 했다.

2006.05.20 청와대 관저

"셔터 소리는 두 번인데, 왜 플래시는 한 번만 터지는가?"
본관 기념촬영 때 갑자기 물었다. 플래시 충전을 제대로
못해 플래시가 한 번만 터진 것이었다. "그럼 내가 제대로
본 거네?" 궁금한 부분이 있으면 결코 그냥 넘어가는 법이
없이 꼭 확인을 했다.

그는 말을
듣지 않았다.

아니,
그의 귀엔
사람들의 말이 들리지 않았다.

봉우리가 어서 오라고,
어서 올라와서
더 큰 세상과 만나라고
연신
손짓을 하고 있었으니까.

노무현 대통령은 담배를 많이 피우지는 않지만 참 맛있게 피
웠다. 사실 대통령 흡연 모습을 촬영하는 것은 금기사항이었
다. 하지만 사진작가가 훗날 각오를 하고 한 번 촬영한 뒤로
는 별다른 얘기가 없어 계속 촬영하게 되었다.

사람들은
말리는 일을 포기했다.
그를
포기했다.

절반은
그를 무시했고
절반은
그에게 무관심했다.

2007.07.15 진해 근처

진해 공관에서 귀빈정을 타고 통영으로 향하는 길이다.

혼자.

그는
봉우리를 향해
혼자
뚜벅뚜벅
걷기 시작했다.

2006.10.06 김해시 진영읍

추석 때 고향인 김해 진영 봉하마을에 내려갔다. 시간을 많이 내기가
어려워 당일 일정으로 내려간 길이다.

2008.02.02 진입 사저

가방 하나 들지 않고
배낭 하나 매지 않고
그렇게 가볍게 길을 나섰다.

이고 지고 가야 할 것들
다 내려놓고 단어 하나만
손에 꼭 쥐고
봉우리를 향했다.

퇴임 직전 봉하 사저에 방문했을 때 사진이다. 고향에서 새롭게 출발한
다는 기대 때문인지 표정이 무척 밝다.

2005.10.15 워드

그가
챙겨 들고 간 단어,
그것은

'사람'이었다.

2박 3일로 진해 공관에 머물던 중 외도에서 술 한 잔 하고 상기된 얼굴
로 손녀를 안고 내려오는 모습이다. 영락없는 촌사람이다.

사람.

세상에서 가장 따뜻한 단어.

"어디까지 가는가? 내가 태워줄게. 타라." 작은 청와대 내
부 이동용 전기 카트에 제법 무거운 사진작가까지 태웠다.

그것은
땀을 닦아 주는 수건이었고
길을 알려주는 나침반이었고
외로움을 치료해 주는 약이었다.

음악이었고
책이었고
응원의 편지였다.

2008.01.13 북악산

퇴임을 앞두고 마지막 산행으로 노사모 회원들과 북악산에 올랐다. 추운 날씨에도 많은 노사모 회원들이 와주었다. 시민들의 번잡함을 피하기 위해 청와대 관람객이 없는 휴일로 일정을 택했다.

그는
이 따뜻한 단어 하나만 꽉 붙들고 가면
충분하다고 했다.
어떤 어려움도 이겨낼 수 있다고 했다.

그렇게 길을 나섰다.

그렇게
자신 있게 길을 나섰다.

2006.04.15 봉하마을

고향인 김해 진영 봉하마을을 방문하여 집터 뒤쪽으로 산책
을 나섰다. 봉화산 중턱이다.

하지만
그의 뒷모습은 조금 외로워 보였다.

노랑나비 한 마리가
팔랑거리며 그를 따라 날았다.

2007.06.23 제주도

아주 가끔 골프장에 나섰다. 자세가 상당히 좋았다. 하지만 자세는 실
력과 관계가 없었다.

바
람
이

불
다

길은 없었다.

아무도
오른 적 없는 봉우리에
오른다는 것은
길을 만들며
걸어야 한다는 뜻이었다.

퇴임 후 머물 사저를 알아보러 내려간 길이다. 항상 시간에
쫓겨 서너 시간 정도만 급하게 일을 보고 다른 일정을 소화하
러 자리를 옮겼다.

바위를 치우며 걸었다.
나뭇가지를 부러뜨리며 걸었다.
그가 지나간 자리엔
그렇게
길이 만들어졌다.

2007.06.16 진해 공관

길.
누군가의 노력의 흔적.
누군가의 희생의 기록.
누군가의 도전의 역사.

출입기자단과 청와대 뒤 북악산에 올랐다.

우리는 모든 길에게
고마워해야 한다.
첫 발을 내딛은 누군가의 용기에
고마워해야 한다.

아주 좁은 오솔길을 걸을 때에도
한 걸음
한 걸음
길바닥에 감사를 찍으며
걸어야 한다.

2007.09.22

노무현 대통령은 등산을 하다가 어디에든 편하게 앉기를
주저하지 않았다. 처음에는 이렇게 앉는 것이 비상이었는
지 경호원들이 급하게 깔판을 들고 왔다. 하지만 차차 일
상적으로 받아들이게 되었다.

감사

그가 쥐고 간 사람이라는 단어 속엔
감사라는 성분이 들어 있다.

시도 때도 없이 사용해야 하는 성분.
지나치게 자주 사용해서 너덜너덜해지더라도
오용하고 남용해야 하는 성분.

사람마다 감사를 전하는 횟수는 다르겠지만
감사라는 말을 입에서 아주 내려놓고 사는 사람은 없다.

2005.10.08 예술의전당

전통문화에 관심이 많아 국악 공연도 꾸준히 챙겼다. 인간문화재 공연
'전무후무'를 관람한 후 인간문화재 김수악 선생에게 감사의 인사를 건
네고 있다. 현직 대통령으로는 처음으로 전통 공연을 보러 왔다고 다들
좋아했다.

오늘 하루도 고생 많으셨죠, 하면서
내게 깊은 잠을 허락해 주는 이불에게도 감사.
이제 그만 일어나셔야지요, 하면서
내게 아침을 허락해 주는 자명종시계에게도 감사.

어쩌면 감사하지 않아도 되는 일을 찾는 게
더 어려운 일인지도 모른다.

길에서 감사를 배운다.
길위에 감사를 새긴다.

2007.03.31 한택식물원

해외 순방을 다녀온 후 주치의의 조언에 따라 시차적응을
위해 우리나라 자생식물의 보고인 한택식물원(경기도 용인)
을 방문했다. 주변에 먹을거리가 있으면 꼭 맛을 보고 꽃이
있으면 향기를 맡았다. 무심히 지나치는 법이 없었다.

한참을 걸었다.

뒤를 돌아봤다.
마을은 이미 보이지 않는다.
고개를 들었다.
봉우리도 여전히 모습을 보여 주지 않는다.

언제 봉우리에 도착할지 알 수 없었다.
아니 지금 이 길이 맞는 길인지 확인할 방법도 없었다.

2007.01.09 청와대 소접무실

개헌제안 관련 대국민담화문을 살피는 중이다. 보좌진이 작성해 온 담
화문을 그대로 읽은 적은 별로 없다. 늘 직접 확인하고 수정한 후에 발
표했다.

하지만 간다.

쉽게 봉우리에 닿을 거라고 생각한 적 없으니까.

걸음 하나 어려움 하나.
걸음 하나 두려움 하나.

프랑스 순방 일정을 끝내고 이튿날 자이툰 부대 방문을 앞둔 시점이다.
노무현 대통령 혼자 영빈관을 둘러보다가 수행원들을 불러 기념사진을
찍었다.

바람이 분다.

눈을 뜰 수 없는 거친 바람.
그러나 그는 꼿꼿한 자세로 그 바람을 견디며
땀을 식혀 주는 고마운 바람이라고 말한다.

중저준위 방사성 폐기물 처분시설인 경주 월성원자력환경
관리센터 착공식 참석을 위해 울산공항에 내렸다. 원전 가동
30년 만에 친환경 방폐장을 확보하게 된 날이다.

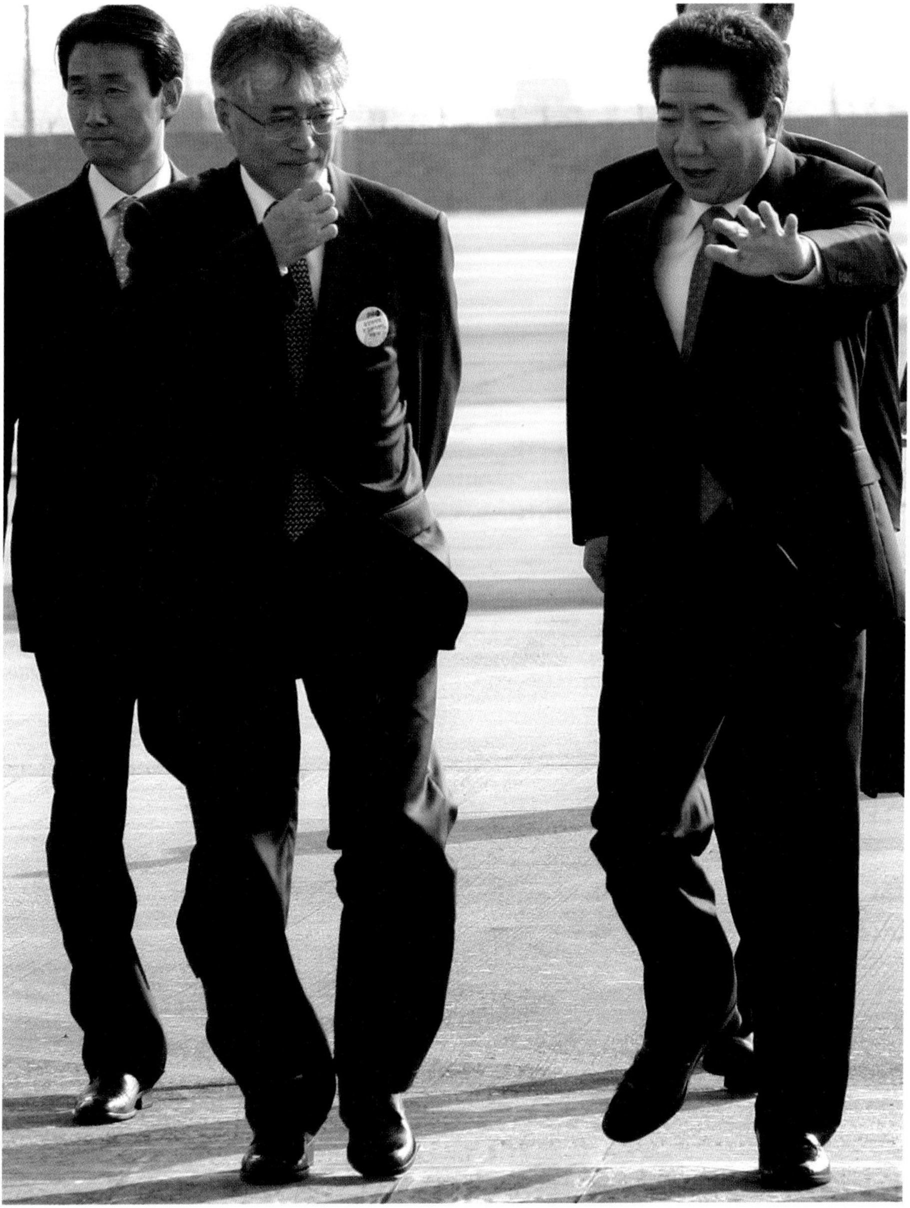

2007.11.09 울산공항

비가 쏟아진다.

우산으로는 막을 수 없는 거친 비.
그러나 그는 얼굴을 때리는 차가운 빗방울이
피로를 쫓아 줘서 좋다고 말한다.

발이 부르튼다.

돌조각이 아프게 발바닥을 찌른다.
그러나 그는 발바닥에 굳은살 박이려면
돌조각들이 이렇게 날카로워야 한다고 말한다.

깔판도 없이 맨땅에 앉아 숲 해설사의 설명을 듣고 있다.

긍정이다.

사람의 성분 중
가장
밝은 색깔의 성분.

2004.01.13 권양숙 대통령 부인

얼굴 근육을 풀기 위해 입 운동을 하는 버릇이 있다. 어느
날 기자들이 그 모습을 찍어 내보냈고, 한나라당이 그 사
진을 악의적으로 악용하는 일이 있었다. 그래서 기자들이
모인 가운데 "그래 한번 찍어 봐라." 하며 입을 크게 벌려
주었다.

긍정이 그를 응원했고
긍정이 그를 넘어지지 않게 붙잡아 주었다.

긍정은 열정을 낳고
열정은 걸음에 힘을 더해 준다.

내겐 열정이 있는가?

만약 내게 열정이 보이지 않는다면
열정을 키우려 하기 전에,
내 몸 어느 한 구석에라도
긍정이 숨 쉬고 있는시 살펴봐야 한다.

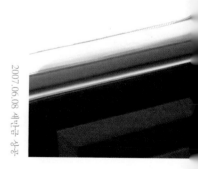

헬기를 타고 이동하는 것은 시끄러워 대화도 어렵고 동선
도 복잡해 몹시 불편하다. 그러나 차량으로 이동하면 시민
들에게 불편을 준다며 노무현 대통령은 헬기를 이용해 이
동했다. 헬기 안에서 마이크로폰을 살펴보고 있는 모습이
다. 노무현 대통령은 평소 기계 장치 등에 관심이 많고 조
작에 아주 능숙했다.

먼지 털듯
어려움을 툭툭 털고 일어나
씩 웃는 그에게서
긍정이라는 소중한 가치를 배운다.

비바람이 잦아들고
강렬한 햇살이 그의 눈을 찔렀다.
긍정이 초대한 햇살이었다.

과거에는 대통령이 청와대를 산책할 때 청와대 직원들은 보이지 않게 숨어야 했다. 노무현 대통령은 그것도 바꾸었다. 산책하는 대통령과 직원들은 스스럼없이 인사하고 이야기를 나누었다.

2007.02.23 늪지원 산책

개울가.

잠시 주저앉아 발목에 물을 적신다.
그를 따라 날아온 노랑나비가 햇살을 받아
물 위에 그림자를 잘게 흩뿌리며 춤을 춘다.

흐르는 물은 흐른다.

나비의 아름다운 날갯짓에 잠시 흔들리지만
흐르는 일을 멈추는 법은 없다.

냇물은 강을 포기하지 않는다.
강물은 바다를 포기하지 않는다.

노무현 대통령의 요트 취미에 대한 일부 언론의 악의적 보도로 꽤나 곤
욕을 치렀다. 진해 공관에서 해군 요트에 잠시 올랐다. 재임 기간 동안
처음이자 마지막으로 요트에 오른 것이다.

도전이다.

사람의 성분 중 가장 역동적인 성분.
살아 있음을 확인하는 피 끓는 성분.

한산도 충무공 유적지 활터이다. 활도 쏠 줄 모르면서 왜
그러느냐고 권양숙 여사가 농을 건네자 "나 활 잘 쏴요."
하면서 시위를 당기는 모습이다.

역사는 도전하는 사람들이 쓴다.
역사는 실패를 두려워하지 않는 사람들이 쓴다.

그는 발에 묻은 물기를 닦아 주며
조금만 더 힘을 내자고 말한다.
도전을 즐기자고 말한다.

계룡대 방문 중 잠시 산책에 나섰다. 원래 산책 코스로 정비된 곳이 아
닌데 다른 걸을 만한 길이 없나 하며 무작정 오른 길이다. 노무현 대통
령의 표정은 가벼웠지만, 당시 수행원들은 예상치 못한 동선에 당혹스
러워했다.

다시
발끝에 힘을 모은다.

편하게 다닐 때 즐겨 신은 구두

사
람
을　만
나
다

그의
소식이
마을에 전해졌다.

그가 비바람을 뚫고,
발바닥에 피멍 들면서
봉우리를 향해 걷고 있다는
소식이
마을에 전해졌다.

밀양 방문 중 영남루에 들렀다. 비서들은 신발을 신고 올라가
라고 했지만, 노무현 대통령이 그런 얘기를 들을 사람은 아니
다. 신발 벗으라는 표지판이 있으니 당연히 벗어야 한다며 신
을 벗고 올라갔다.

그보다 앞서 봉우리에 도전했던 사람들은
그가 돌아오는 건 시간 문제라며 시계를 들여다봤지만
그가 발길을 돌렸다는 소식은,
봉우리를 포기했다는 소식은 들려 오지 않았다.

사람들이 그를 입에 올리기 시작했다.

누가 따라 나섰어야 했어.
어디 다치지는 않았을까?
과연 봉우리에 닿을 수 있을까?
만약 봉우리에 오른다면 뭐라고 외칠까?

고향을 찾아 집터를 둘러보던 중에 마을 주변에서 이야기를
나누고 있다.

처음엔 포기였지만
이젠 분명 포기가 기대로 바뀌고 있었다.
기대가 응원으로 바뀌고 있었다.

비로소 사람들은 그의 이름을 부르기 시작했다.

노 무 현

2007.01.23 신년특별연설

참여정부 4년간의 공과를 짚어 보며 국정운영방향을 밝혔던 신년특별
연설. 특히 민생문제 해결의 어려움을 토로했다.

그러나 이때까지만 해도 이 세 글자가
그들의 인생에
어떤 의미가 될지 가늠하지 못했다.

사람들은 노무현이라는 세 글자 앞에
바보라는 두 글자를 더 붙여 주었다.

바보.
사람의 동의어.

남들이 가지 않는 길을 가고
남들이 받지 않는 상처를 기꺼이 받고
그 상처를 훈장처럼 달고
환하게 웃는 사람.

비서실 직원들이 십시일반 하여 취임 3주년 선물을 마련했다. 평소 생일
이나 기념일 때 직원들이 비싼 선물을 하면 오히려 혼이 났다. 2000원,
5000원씩 모아 선물을 마련했다.

사람들은
바보를 사랑한다고
고백하기 시작했다.

내가 바보가 아니었음을 부끄러워하기 시작했다.

그리고 바보에게 노란색을 선물했다.

노란색 풍선을 하늘에 띄워 그와 눈빛을 교환했고
노란색 티셔츠와 머플러를 두르고
그의 이름을 불렀다.

춤추고 노래했다.
바보를 발견한 기쁨을 춤으로 표현했고
바보를 사랑하는 사람들을 만난 기쁨을
노래로 교환했다.

선영에 참배하러 올라가는 길이다. 노사모 회원들이 길에 노
란 풍선을 달아 놓은 걸 보고 반가워하고 있다.

사람.
사람을 만난 것이다.

노무현 대통령은 평소 "재래시장을 방문해서 상인들 손이
라도 잡아주라"는 비서진의 권유를 여러 차례 물리쳤다.
보여 주기 위한 행사를 싫어했기 때문이다. 하지만 왜 가
고 싶지 않았겠는가. 사람 냄새 물씬 풍기는 그곳에서 소
주 한 잔 걸치고 싶은 마음이 왜 없었겠는가.

봉우리를 향해 뚜벅뚜벅 걸은 한 사람을 통해
사람이라는 단어를 꽉 쥐고 떠난 바보를 통해

사람과 사람과 사람이 만난 것이다.

문재인 비서실장, 성경륭 정책실장과 함께 이야기를 나누는 모습이다.

같은 곳을 보는 사람들.
같은 꿈을 꾸는 사람들.
그들도 기꺼이 바보가 되었다.

바보가 바보를 만들고.
바보가 바보를 만들고.

2007.06.16 진해 공관

노무현 대통령은 호기심이 많은 사람이었다. 진해 공관 산책
중에 익지 않은 열매는 맛이 어떤지 한 입 베어 물고 있다.

어떤 바보는 참 바보 같은 일기를 썼다.

모임에 처음 나갔다. 혼자였다.
아는 사람 아무도 없었다.
가볼까? 말까? 숫기 없는 나는 여러 차례 망설이다
딱 한번은 나가 보자 마음먹었다.
나가 보고 아니면 그때 관두자 생각했다.
쭈뼛쭈뼛 음식점으로 들어갔다.
내 이름이 아닌 닉네임이라는 것을 서로 내밀며
인사하는 것이 처음이었다. 어색했다.
이럴 줄 알았으면 닉네임을 더 멋지게 만들 걸
후회도 했다. 시계가 돌고, 술잔이 돌고, 얘기가 돌고,
웃음이 돌고. 차츰 어색함이 가셨다.
처음 자리한 나를 배려해 주고자 애쓰는 마음들을
진하게 느낄 수 있었다.
정말 모처럼 사람을 만나고 있다는 생각을 했다.
그 따뜻한 자리는 아침부터 저녁까지 전쟁하듯
살아온 내게, 너 이렇게 살아 보고싶지 않았니? 라고
묻고 있었다. 그날은 몹시 추운 겨울 한 복판이었지만
다들 하나씩 두른 노란 목도리처럼 참 포근했다.
그러나 그땐 몰랐다. 마흔이 넘은 적지 않은 나이에
처음 만난 이들이 내 삶의 한 가운데를
턱 차지하게 될 줄 정말 몰랐다.
마흔이 넘은 한물간 나이에 사랑이라는 감정이
다시 찾아올 줄 정말 몰랐다.
언젠가 술좌석에서 누군가에게 들은 얘기,
니들 어디 있다 이제 나타난 거야!
이 한마디가 모든 걸 말해 준다.

배려.
사람의 성분 중
가장 낮은 곳에 놓인 성분.

승자독식 세상에서 한없이 위축되던
배려라는 성분이
봉우리를 향해 떠난
바보와 함께 살아나
사람들에게
따뜻한 에너지를 전파하기 시작했다.

폭설로 농가의 비닐하우스가 망가져 군인들이 대민지원
을 나갔다. "손이 차갑네. 장갑도 없이 일하냐? 고생이 많
다." 젊은 군인의 손을 다정히 어루만지고 있다.

2006.01.02

바보들은 이렇게 서로를 배려했다.
바보들은 이렇게 서로를 안아 주었다.

마을에도 수많은 바보들이 생겨났다는 이야기는
봉우리를 향하던 바보의 귀에도 들렸다.
노랑나비가 속삭여 줬다.

발걸음이 한결 가벼워졌다.
이제 조금만 더 힘을 내면
봉우리에 닿을 수 있을 것 같았다.

2007.02.23 청와대 누리집

청와대 산책을 하다 송인배 수행비서와 웃음을 나누고 있다.

그때
아!
외마디 비명을 지르며
그가 거꾸러졌다.

누군가 그의 발을 건 것이다.
몸집이 거대한 사내가 그를 내려다보고 있었다.
봉우리로 가는 길목을 지키는
기득권이라는 사람이었다.
기득권은 그에게 통행료를 요구했다.
그것이 관례라고 했다.

그는 돈도 없지만 있어도 줄 수 없다고 했다.
원칙과 상식에 어긋나는 관례를
인정할 수 없다고 했다.

아프가니스탄에서 한국인 피랍 사건이 발생했다. 참담했고
심각한 상황이었다. 당시 휴가 기간이었는데 모두 취소되었
다. 한 치 앞도 가늠할 수 없는 순간이었다.

2007.07.21

2007.07.21

원칙과 상식.
이 두 단어를
야호!
라는 외침에 담아
세상에 퍼지게 하려고 봉우리를 향하고 있는데
원칙과 상식에 반하는 관례를 인정하라니.

아프가니스탄 정부, 미국 정부, 탈레반 수뇌부, UN 등 각종 루트를 통
해 피랍 한국인을 구출하기 위한 노력을 펼쳤다.

도저히 그럴 수 없다고,
당장 비켜서라고 힘주어 말했다.
하지만 기득권에게 그 얘기가 통할 리 없었다.
기득권은 그의 등을 떠밀며
마을로 되돌아가라고 했다.

그는 발끝에 힘을 주며 버텼다.
원칙과 상식도
그리고 봉우리도 포기할 수 없었다.

회의 시간에 가장 열중하고, 경청하는 사람은 대통령이었다.

기득권은 그의 얼굴에
큼직한 주먹을 갖다 댔다.
하지만 그는 눈을 감지 않았다.

포기하지 말자.
회피하지 말자.
희망은 어디에도 있다.
이 칙칙한 세월 속에도,
이 침침한 어둠 속에도 희망은 있다.

2007.02.23 청와대 집무실

서류에 결재를 하는 모습이다. 결재 서류가 아무리 많이
쌓여 있어도 일일이 꼼꼼하게 다 살펴본 후 서명을 했다.

그랬다.
희망은 있었다.

해양수산부 장관 시절 추진했던 바다목장을 방문했다. 평소
겁이 없어 높은 곳, 흔들거리는 곳에 잘 올라갔다. 바다 한가
운데 떠 있는 이 바다목장도 파도에 계속 흔들려 몹시 불안한
곳이었는데, 아무렇지 않게 걷고 낚시도 했다.

꿈같은 일이 일어났다.

돼지 한 마리가 나타나
쿵!
기득권을 받아 버렸다.
기득권은 붕 떠서 커다랗게 반원을 그린 후
바닥에 내동댕이쳐졌다.

희망이 그를 살린 것이다.
원칙과 상식이 그의 손을 잡아 준 것이다.

그는 돼지에게 감사의 인사를 하며
희망돼지라는 이름을 붙여 주었다.

2007.04.08 부산 개성고등학교

사저 집터를 알아보러 내려간 날이 우연히 부산상고 동문 체육대회가
열린 날이었다. 예정에는 없었지만 잠시 방문했다. 다함께 어울려 사진
을 찍는 동안 경호관들은 잔뜩 긴장했지만, 노무현 대통령은 표정이 밝
다. "뭐, 어때? 다들 동문인데."

희망과 절망.
글자 하나 차이다.

절이라는 글자를 지우고
희라는 글자를 다시 쓰면 된다.
지우개라는 물건 하나만 있으면 된다.

카타르 방문을 마치고 청와대로 오니 손녀가 맞아 주고 있다.

희망 역시 그가 쥐고 간
사람의 주요 성분이었다.

희망돼지는 봉우리로 가는 길을 앞서 달렸다.
장애가 될 만한 것들을
온몸으로 쓰러뜨리며 달렸다.
그는 부지런히 희망돼지를 따랐다.

안개가 걷히며 봉우리가 눈앞에 나타났다.

진해 공관에서 함께 있던 사람들에게 군대에서 겪은 일을 이
야기하는 중이다. 아주 실감나게.

세상을 향해 소리치다

벌써 겨울이었다.

이른 봄에 시작한 그의 여정은
한겨울에 끝났다.

대통령 내외가 함께 찍은 사진에는 유독 옷깃을 매만져 주
는 사진이 많다. 핀란드 순방 중 외투가 없어 수행부장이
입던 옷을 빌려 입는 바람에 옷이 크다. 결국 수행부장에
게 다시 돌려주었다.

2006.09.09 핀란드

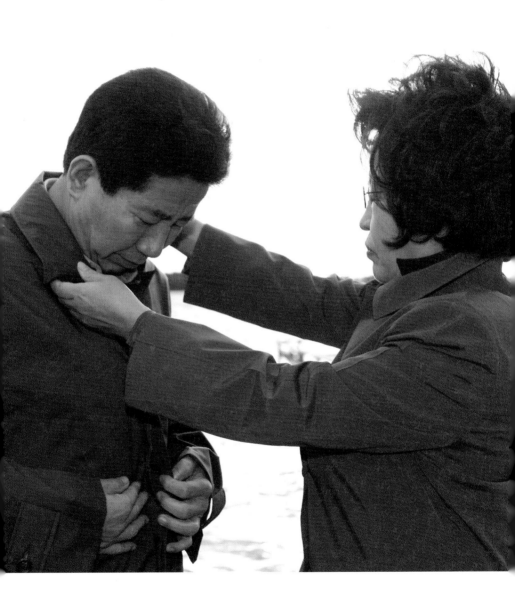

봉우리.
사람들이 말렸던 봉우리.
결코 오를 수 없을 거라던
그 봉우리에 오른 것이다.

마침내 세상에서 가장 높은 곳에 우뚝 선 것이다.

노랑나비 한 마리가 주위를 부지런히 날아다니며
정상에 선 그를 축하했다.

2003.12.19 여의도 광장

여의도에서 당선 1주년 'Remember 12.19' 행사가 열렸다. 입김이 얼어
붙을 정도로 추운 날씨에도 와준 시민들에게 인사하려고 무대 아래로
내려왔다.

봉우리에 오르기까지
겪었던 수많은 사연들이
봉우리 아래에서
그를 지켜보고 있었다.

워낙 아이들을 좋아해 청와대에서 이동하는 중에 경내 관람 중인 초등
학생들을 보고는 일부러 발걸음을 옮겼다.

그도 사연들을 내려다보았다.

사연들은 우리와의 시간을 잊지 말라 했고
그는 꼭 그렇게 하겠다고 했다.

초심.
처음처럼.
한결같은 마음가짐.

마지막 해외 순방을 기념하여 기내에서 그동안 순방한 나라
에 초를 올려 장식한 케이크를 만들었다. 그런데 케이크를
만든 사람이 유럽인이라 유럽이 중앙에 배치되고 우리나라
가 구석에 있다. 이런 케이크 모양에 수행원들은 당황했다.

2007.11.21

그는
봉우리에 오를 때의 마음을 고스란히 담아
세상을 향해 거침없이 외쳤다.

야호!

그의 외침은
맞은편 산을 가볍게 때리고
되돌아왔다.

야호!
야호!
야호!

메아리는 끊일 듯 끊이지 않고 이어졌다.

목포대학교에서 열린 행사에 노사모 회원들이 응원을 나왔다. 멀리 떨어져 있는 노사모 회원들에게 "감사합니다." 하고 크게 외치는 모습이다.

그래 멋지게 잘 해냈어.
하지만 봉우리가 끝이 아니야.
이제부터 진짜 시작인 거야.
메아리는 그에게 축하와 숙제를
동시에 들려주었다.

2004.03.21 청와대 관저

탄핵 정국 중 책을 읽는 모습이다. 보좌진은 불안하고 초
조해했으나 오히려 노무현 대통령은 침착하고 편안하기까
지 한 모습이었다. 오히려 공부하고 책 읽을 시간이 많아
좋다고 했다.

다시 호흡을 가다듬었다.
두 손을 입가에 모으고
이번엔 이렇게 외쳤다.

사 람 !

"먼저들 앉으세요." 손님들이 자리에 앉기 전까지는 결코 먼저 앉지 않
았다.

두 번째 메아리.
되돌아온 소리는
조금 달랐다.

사람!
사는!
세상!

노무현 대통령은 연출 사진을 그다지 좋아하지 않았다. 그래도
이날은 어쩐 일인지, 청와대 산책을 하면서 "사진 더 찍고 싶
나? 한번 찍어 봐라"하며 자세를 잡아 주었다. 손녀와 함께 과
자를 먹는 이 사진은 생전에 노무현 대통령이 가장 좋아하는 사
진이었다고 한다.

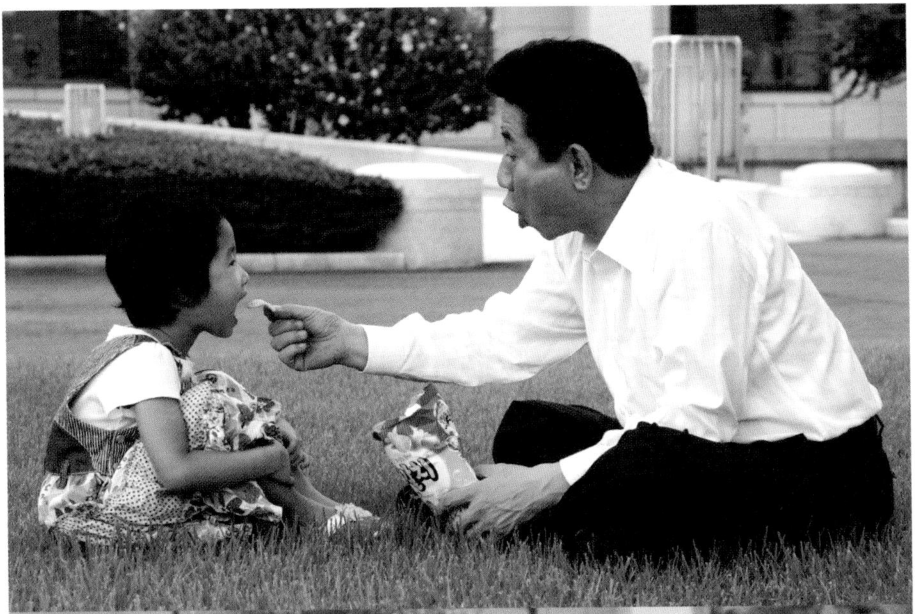

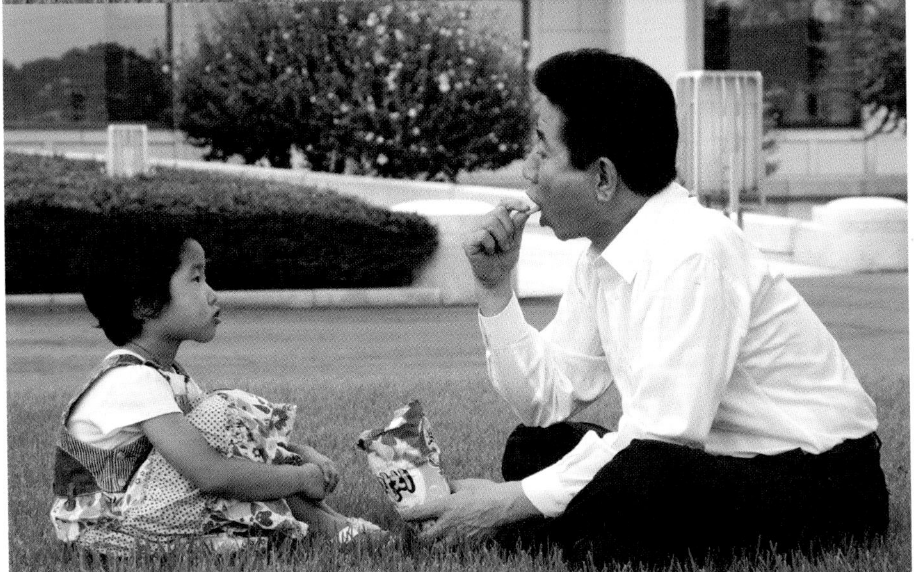

2007.09.13 청와대 앞마당

사람 사는 세상.
그랬다. 이것이었다.
그가 외치고 싶었던 것은
사람 사는 세상이었다.

이 한마디를 외치기 위해
사람이라는 단어 하나 꽉 움켜쥐고
봉우리에 오른 것이다.

아이들을 만나서 인사를 나눌 때는 꼭 이렇게 자세를 낮추었다.

원칙과 상식이 바로 선 세상.
원칙과 상식이 기득권을 허무는 세상.
이런 세상이 그가 전염시키고자 했던 세상이었다.

근무 중인 해군이 경례를 하자 답례를 하는 모습이다. 어디를
가든 마주치는 경찰이나 군인 들이 경례를 하면 항상 답례를
했다.

마을 사람들은 울었다.
울면서 합창을 했다.
뜨겁게 울면서 뜨겁게 기뻐했다.

그날, 마을은 온통 노란색으로 뒤덮였다.

2008.01.13 노사모 산행

퇴임 한 달 전 노사모 회원들과 청와대 경내로 통하는 산길
을 따라 북악산에 올랐다. 그간의 성원에 대한 감사와 함께
정치발전을 위한 시민 역할의 중요성을 강조했다.

벽을 만나다

한 차례의 메아리가
세상에 울려 퍼진 후
세상이 한바탕
노란색으로 물든 후
사람들은 더 이상
메아리를 들을 수 없었다.

호주 순방시 이용한 민항 전세기 기내에서 찍은 사진이다. 대통령 전용 공간과 좌석이 있었지만, 자주 탁자에 걸터앉았다.

2007.09.06 호주행 민항 전세기

벽이 가로막은 것이다.
벽이 메아리를 차단한 것이다.

벽.
사람의 반대말.

그것은 돈이었고 물질이었다.
권력이었고
신분이었고
차디찬 시멘트였다.
봉우리에 오를 때 만났던 기득권이었다.

한미 FTA와 관련하여 미국 부시 전 대통령과 통화를 하고 있는 모습이
다. 통역관이 바로 옆에서 전화 내용을 옮기고 있다.

벽은 높고 단단했고 두꺼웠다.
한 줌의 메아리도 통과시키지 않을 만큼
정교했고 치밀했다.
벽은 그들이 오랫동안 쌓아 온 질서를
흔드는 주범으로 그를 지목하고
그에게 온갖 비난을 쏟아 부었다.

시끄럽다.
신중하지 못하다.
겁이 없다.
편을 나눈다.
불안하다.
격이 떨어진다.
봉우리에 우뚝 선 건방진 모습을 인정할 수 없다.

그들의 조직적인 비난은
그에게서 희망을 발견했던 사람들까지 흔들었다.

대통령전용 특별열차 경복호 내부에서 찍은 사진이다. 일정
에 쫓겨 노무현 대통령은 열차로 이동하는 중에 메이크업을
하고 있고, 보좌진은 그 사이에 갖가지 보고를 하고 있는 모
습이다. 바쁜 와중에 보고할 것은 많고 시간이 없을 때는 메
이크업 시간도 이용했다. 메이크업을 하면서도 쉴 새 없이 보
고를 듣고 이야기를 했다.

그에게 희망돼지를 보냈던 사람들마저
하나둘 돌아서기 시작했다.
오른쪽에서도 왼쪽에서도
저마다의 목소리로 그를 조롱하고 압박했다.

그는 점점 고립되어 갔고
그가 선 봉우리는 작은 바람에도
흔들리기 시작했다.
위태로웠다.

늘 그의 곁에 머물던 노랑나비 한 마리도
어지럽게 주위를 날다 멀리 한 점이 되어 버렸다.

2007.01.13 청와대 관저

필리핀 순방 전 관저에서 나오는 모습이다. 평소 허리가 좋지 않아 오
래 서 있는 것을 힘들어했다. 걸을 때도, 앉았다 일어날 때도 허리를 짚
는 모습을 자주 보았다.

피하지 않았다.

그는 벽을 보고도 피하지 않고 걸었고
벽에 부딪히면 일어나 다시 걸었다.
내 마음이 흔들리지 않으면
언젠가는 세상이 알아줄 거라는 믿음이었다.

그리스 순방을 마치고 떠나기 전 호텔에서 방명록을 요청해
작성하고 있는 모습이다. 어디를 방문하든 방명록에 의례적
인 문구가 아닌 장소와 상황을 염두에 둔 문구를 적었다.

2006.09.05 고려스

믿음.
사람의 성분 중
가장 묵직한 성분.

그것이
그를 앞만 보고 뚜벅뚜벅 걷게 했다.
사람에 대한 믿음은 어떤 종교보다
더 크고 힘이 셌다.

그는 웅변했다.
벽은 반칙이라고 웅변했다.
반칙해서 이기는 건
이기는 게 아니라고 했다.
원칙과 상식이 손을 맞잡으면
벽을 허물 수 있다고 했다.

2007.07.14 진해 기적의 도서관

해군 진해 공관에 휴가차 머물다 비공개로 방문한 진해 기
적의 도서관. 기적의 도서관은 봉하마을 사저를 설계한 고
정기용 건축가의 대표적인 공공건축 프로젝트로 지어졌다.

그는 호소했다.
마을이 달라도 싸우지 말자고 호소했다.
앞마을에서 콩이면 뒷마을에서도
콩이어야 한다고 했다.
지역이 조금 다르다고 서로를 헐뜯는 일은
없어야 한다고 했다.

고향 봉하마을 방문을 마치고 주민들과 이야기를 나누는 모습이다. 가지런
히 모은 두 손에서 노무현 대통령이 어떻게 사람을 대하는지 알 수 있다.

그는 부탁했다.
권위를 훌훌 털어 버리자고 부탁했다.
남의 주장을 누르지 말고 대화와 타협으로
소통하자고 했다.
그래야 사람을 껴안을 수 있다고 했다.

2007.07.21 청와대 집무실

아프가니스탄 한국인 피랍 사건 대책회의와 관련국 통화 모
습이다. 셔터를 누르기도 힘들 정도로 분위기가 무거웠다.

그는 명령했다.
팔짱을 풀고 한 걸음 앞으로 나오라고 명령했다.
누군가 대신 해줄 거라는 소극은 갖다 버리라고 했다.
깨어 있는 시민이 참여하여 조직된 힘을
가져야 한다고 했다.

2008.01.23 청와대 춘추관에서

임기를 1개월여 남겨두고 청와대 전·현직 직원들을 초청해 노고를 격려했
다. 이날은 정책실과 안보실 소속 직원들이 모였다.

그리고 그는 외쳤다.

평화를 양보해서는 안 된다고 외쳤다.
함부로 전쟁이라는 단어를
입에 담지 말라고 외쳤다.
평화가 곧 경제라는 사실을 한시도
잊어서는 안 된다고 외쳤다.

민주평화통일자문위원회에서 연설하는 모습이다. 취임 이후
드물게 긴 시간을 할애해 통일·외교·안보정책 전반의 주요
쟁점에 대해 설명했지만 대부분 언론은 이를 주목하지 않았
다. 전시작전통제권 회수에 반대한 전직 국방장관 등을 향해
"부끄러운 줄 알아야지"라며 일갈한 대목이 유명하다.

2006.12.21

이 모든 웅변과 호소와 부탁과 명령을
또박또박 소신 있게 외칠 수 있었던 힘은
역시 믿음이었다.

필리핀 순방 당시 호텔에서 잠시 휴식을 취하고 있는 모습이다.

하지만
그의 믿음은 그렇게 컸지만
그에게 주어진 시간은 길지 않았다.

그의 가슴이 사람들의 가슴에
완전하게 닿기 전에
봉우리에서 내려와야 했다.

휴식 시간에 소파에서 잠시 눈을 붙였다. 이불을 덮지 않고 있기에 일
단 사진을 찍고 밖에 나가 비서관에게 이불을 덮어 주라고 하였다. 그
리고 또 한 장을 찍었다.

어떤 이는 시간을 아쉬워했다.
그가 너무 빨리 봉우리에 올랐다고 했다.
10년만 늦게 올랐으면 참 좋았을 거라고 했다.

어떤 이는 자신을 나무랐다.
그를 봉우리에 올려놓고 모른 척했던
자신을 미워했다.
그를 다 받아들이지 않은 자신의 가슴을
주먹으로 쳤다.

청와대 만찬 후 손님을 배웅하는 모습이다. 먼저 들어가도 되
는데 항상 손님들이 떠나는 모습을 본 뒤에야 자리를 옮겼다.

그가 봉우리에서 내려오는 날.
세상은 여전히
사람 사는 세상과는 거리가 있었다.

개헌 관련 특별담화를 발표하기 전 아침회의 모습이다. 이
날 노무현 대통령은 대통령 4년 연임제, 대통령 임기와 국
회의원 임기를 일치시키자는 요지의 '원포인트' 개헌을 제
안했다.

2007.01.09

누군가 아쉬움을 이렇게 노래했다.
노무현이라는 이름을 반복해서 부르며.

밤을 새워 술을 마셨던 이유도 노무현이었습니다.
뜨거운 눈물을 삼켰던 이유도 노무현이었습니다.
지나치게 민감했던 이유도 노무현이었습니다.
미치도록 감격했던 이유도 노무현이었습니다.
서툰 속도로 자판을 두드렸던 이유도 노무현이었습니다.
서툰 논리로 거품을 물었던 이유도 노무현이었습니다.
담배꽁초를 길바닥에 버리지 않은 이유도 노무현이었습니다.
아이에게 부끄럽지 않은 삶을
살고자 했던 이유도 노무현이었습니다.
그랬습니다. 모든 게 노무현이었습니다.
지난 5년, 우리의 이름은 노무현이었습니다.
오늘, 노무현이라는 이름이 이명박이라는 이름으로 바뀝니다.
인정합니다. 그러나 노무현을 이명박으로 바꾸어
위의 글을 다시 읽어 보십시오.
단 한 줄도 고개를 끄덕일 수 없을 것입니다.
대통령의 이름은 바뀌었어도
우리의 이름은 여전히 노무현입니다.
오늘 밤 당신은 고향에서 첫 밤을 보내며,
별이 많아 참 좋다며 환하게 웃으시겠지요.
내일 아침엔 공기가 맑아 참 좋다며 권 여사님의 손을
꼭 잡으시겠지요. 어디에 계시든 당신은 그곳에서 희망을
발견하실 것입니다.
우리에겐 당신이 계신 곳이 희망입니다.
끝까지 사랑합니다.

돌아오다

끝났다.

그가 쓴 드라마는 끝났다.

사람들을 웃고 울리고
가슴 조이게 했던
노란색 드라마는
이렇게 아쉽게 막을 내렸다.

마지막 해외 순방을 떠나기 전 관저에서 나서고 있는 모습이
다. 홀가분한 표정에 발걸음도 무척 가벼워 보인다.

그는
마을로 돌아왔다.

처음 봉우리를 향하던
그 모습으로 다시 돌아왔다.

흰머리가 조금 늘어난 채.
주름살이 조금 깊어진 채.

2007.06.30 미국 시애틀

호텔에서 휴식을 취하는 모습이다. 사진처럼 앉아 보기도
하고, 소파에 누워 보기도 하면서 이 정도 높이가 딱 좋다
고 했다.

마을 입구에선
위로나 격려 같은 단어들이
조금 풀 죽은 모습으로
그를 기다리고 있을 것이다.
그는
이 단어들의 손을 따뜻하게 잡고
오히려 힘내라고 위로할 것이다.

누구나 머릿속에 이런 그림을 그렸다.
드라마의 끝은
늘 이렇게 아쉬운 장면을 연출하니까.

2007.10.16 청와대 관저

그런데 이게 웬일인가.
마을 입구에서 그를 기다리고 있는 단어는
무려 기적이었다.

박수.
환호.
열광.

모두가 끝이라고 했는데
그의 귀향은 시작이었다.
놀라운 시작이었다.

5·18기념식 참석차 광주를 찾은 노무현 대통령은 다음 날 광주·전남지역 시민단체 대표, 시민 등과 함께 무등산에 올랐다. 노무현 대통령은 시민들 앞에서 인사할 때 꼭 모자를 벗고 깊이 허리 숙여 인사했다. 비서진은 모자에 머리가 눌려 있어 벗지 않길 바랐지만…….

2007.05.19 무등산

사람들은 봉우리에서 내려온 아무 힘 없는
그에게
놀라운 속도로 다시 빠져들었다.

그를 만나기 위해 다투어 버스에 올랐고
그와 사진을 찍기 위해 기꺼이 긴 줄을 섰다.
그를 집 밖으로 기어이 불러내 노래를 하게 했다.

2008.01.13 노사모 초청 부엉산행

권양숙 여사가 무슨 이야기를 했는지, 부끄러워하는 노무현 대통령의
모습이다.

노무현, 그는 봉우리에서 내려왔지만
사람들은 저마다 마음속에
봉우리 하나를 더 마련했고
그 위에 노무현이라는 바보를 다시 올려놓았다.

그의 표정은 봉우리 위에 있을 때보다
한결 더 밝아 보였고 한결 더 편안해 보였다.

그랬다.
사람들은 바보를 버릴 수 없었다.

그것은 아쉬움이었고
안타까움이었고 미안함이었다.

2007.05.13 진해 공관

노무현 대통령은 상당한 독서가였다. 진해 공관에 내려가서 프랑스 역
사에 관한 책을 펼쳐 읽고 있다. 시력이 많이 나빠져 책을 읽을 때는 돋
보기안경을 썼다.

자전거.
그는 페달을 밟고 달리면서도
사람들을 향해
연신 고개 숙여 인사를 했다.

2007.09.13 청와대 산책

행사가 없는 아주 특별한 날에는 자전거를 타고 청와대를
둘러보았다. 비서관들이 생일을 맞아 마련한 자전거를 타
고 있는 모습이다.

2006.12.16 북악산

밀짚모자.
그는 어린아이 앞에서도
밀짚모자를 벗어 들고
그렇게 깍듯이 인사를 했다.

말투도 표정도 차림새도
한때 봉우리에 서 있었던 사람이 아니라
영락없는 그 마을의
젊은 할아버지 모습이었다.

등산을 마치고 내려오는 길에 매표소 직원에게 인사를 건네고 있다.
어디를 가나 그곳에서 일하는 사람들에게 "수고하십니다." "감사합니
다." 하며 인사를 건넸다.

겸손.
사람이라는 단어를 받치고 있는 성분.

긴 여행에서 돌아왔지만
그는 여전히 사람이라는 단어 속에 들어 있는
겸손이라는 성분을 꽉 붙들고 있었다.

2007.01.01 답청

새해 첫날 한명숙 총리 부부와 세배를 나누고 있다. 이마가
바닥에 닿도록 깊이 절하는 모습이 인상적이다.

사람들은 그를 보며 행복해했고
그는 그 사람들을 보며 행복해했다.

모두가 이 작은 행복을 즐겼다.

2006.08.27 노사모 '희망돼지' 기소자 초청

2002년 대선 당시 '희망돼지' 저금통으로 선거자금을 모금했다가 선거법 위반 혐의로 기소돼 고생했던 노사모 회원 51명을 위해 처음이자 마지막으로 자리를 마련했다. 그들의 밝은 표정에 반갑고도 놀라는 모습이다.

그러나 사람 냄새 나는
이 작은 행복은 오래 가지 못했다.

차가운 눈으로 그를 지켜보던
한 무리의 사람들.
그를 대신해서
봉우리를 차지한 사람들.
그들은 그를 그냥 두지 않았다.

권양숙 여사의 생일을 맞아 오찬을 열었다. 주변에서 "뽀뽀
해, 뽀뽀해" 외치자 과감하게 여사의 볼에 뽀뽀를 해주었다.

사람들의 마음속에
또 하나의 봉우리가 있다는 것을
허락할 수도 인정할 수도 없다고 했다.

터무니없는 소문을 흘렸고
견딜 수 없는 모욕을 안겼다.
책을 읽을 수도
글을 쓸 수도 없는 아픔을 주었다.

주위 사람들을 압박했다.
그의 가족과 동지들을 하나하나
심판대 위에 올려놓고
이래도 항복하지 않을 건지 그에게 물었다.

다큐멘터리 촬영은 하고 싶었던 말 모두 할 수 있어서, 왜곡되지 않고
제대로 국민들에게 전해질 수 있어서 좋아했다. 대통령임에도 자신의
진심을 알릴 수 있는 기회가 많지 않았기 때문일 것이다.

그의 철학,
그의 가치,
그의 인생을 송두리째
부정하라고 압박했다.

시간이 갈수록 압박은 거칠어졌다.
사과 이외에 다른 말은
한마디도 할 수 없게 만들어 버렸다.

참모들과의 비공개 모임을 앞두고 상념에 잠겨 있다.

결국,
그는,
사과했다.

믿음을 지키기 위해 믿음을 잠시 내려놓은 것이다.
명예를 지키기 위해 명예를 잠시 내려놓은 것이다.
인생을 지키기 위해 인생을 잠시 내려놓은 것이다.

해외 순방 등에 이용하는 민항 전세기에는 대통령 전용 공간
이 따로 마련되어 있다.

하지만 그 사과에도 화살처럼 비난이 쏟아졌다.
눈앞에서도 등 뒤에서도 화살이 쏟아졌다.
화살의 끝은 하나같이 그의 심장을 겨누고 있었다.

무안 국제공항 개항식 행사전 공군 1호기 기내에서 이민원 균형발전위
원장의 보고를 받고 있다. 허리가 불편해 뒤에 걸터앉은 모습이다.

누군가
그 아픈 사과에 대해 아픈 글을 썼다.

틀림없는 사과입니다.
귤이나 배가 아니라 사과입니다.
사과가 아닐 거라 의심하지 마시고
사과로 받아들여 주십시오.
사과를 한입 베어 먹어 보고 나서,
사과 속에 정말 참을 수 없는 썩은 벌레가
득실거린다면 그때 사과를 비난하십시오.
개인의 안위를 위해
적당히 살아오신 분이 아닙니다.
개인의 치부를 위해
자존심을 팔아 오신 분이 아닙니다.
그런 분이 보여 주신 사과에
미리 식칼을 대고 난도질하지 마십시오.
눈물을 흘리는 사과에게 흙탕물을 뿌리지는 마십시오.
믿음이라는 단어 앞에는 수식어를 붙이는 게 아닙니다.
그냥 믿음입니다.
이 사과를 사주시는 분이 없다면
저 혼자라도 먹겠습니다.

세상은
그의 사과를 받아들이지 않았고
그를 겨누던 칼끝은
결국 그를 찌르고 말았다.

쓰러지다

충격이었다.
아픔이었다.
슬픔이었다.

그리고 충격과 아픔과 슬픔은
분노의 행렬로 이어졌다.

그가 쓰러진 마을은 국화로 뒤덮였고
국화 꽃잎 위로 눈물 같은 빗물이
뚝뚝 떨어졌다.
국화를 든 손 위로 빗물 같은 눈물이
뚝뚝 떨어졌다.

그의 영정 앞엔 술잔이 떠다녔고
향로에선 담배연기가 향처럼 피어올랐다.

누군가는 믿을 수 없다며 고개를 가로저었고
누군가는 피를 토하며 복수를 얘기했다.

그리고
모두가 울었다.

2009.05.29 연화장 승화원

화장 후 유골을 정토원에 안치하러 가는 모습이다.

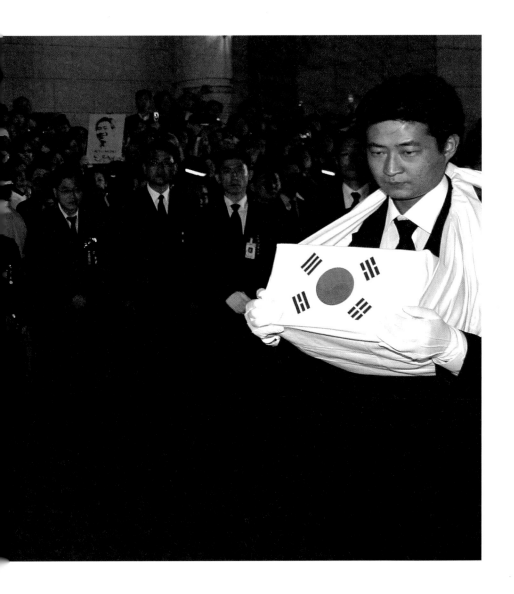

너는 왜 울고 있느냐.
나는 해 뜨기 전에 그를 세 번 부인했다는 사실이
세상에 알려질까 두려워 울고 있습니다.

너는 왜 울고 있느냐.
나는 겉엔 노란 옷을 입고, 속엔 검은 옷을
입고 있었다는 사실이 너무 창피해서
울고 있습니다.

너는 언제까지 울려 하느냐.
나는 내가 그에게 내뱉은
그 많은 욕들이 한 글자도 빠짐없이
내 귓구멍 속으로 다시 들어올 때까지
울겠습니다.

사저를 마지막으로 둘러보고 나오는 모습이다. 생전에 늘 함
께했던 수행비서들이 마지막까지 함께 모셨다.

슬퍼하지 말라고 했지만
모두가 울었다.
미안해하지 말라고 했지만
모두가 미안해했다.
운명이라고 했지만
모두가 운명이 아니라고 고개 저었다.

2009.05.23 봉하마을 빈소

봉하마을 마을회관에 첫 빈소를 마련했다. 작고 초라한 상차림에 또 한 번 가슴이 아팠다. 병풍 뒤에 관을 모셨다.

죽음인가.
죽임인가.

국민장 영결식 때의 사진이다. 김대중 전 대통령이 권양숙
여사의 손을 잡고 오열하는 모습에 많은 사람들이 가슴 아
파했다. 눈물이 앞을 가려 어떻게 찍었는지도 기억이 나지
않는다.

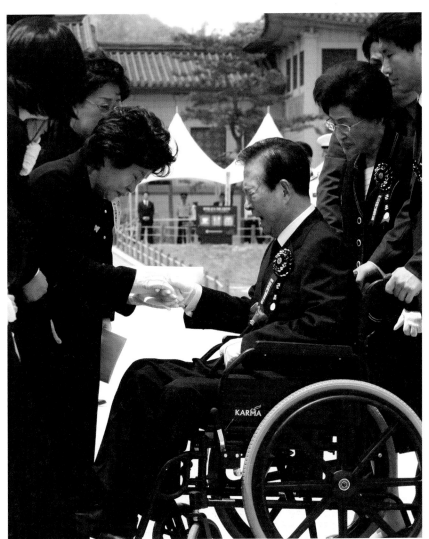

2009.05.29 경북−구

답은 그를 추모한 500만의 눈 속에 있었다.
1000만 개의 눈동자 속에 있었다.

눈물을 밀어내는 순간 언뜻 보였던 그 눈빛이
5월 그 새벽에 무슨 일이 일어났는지
증언해 주고 있었다.

한동안 그를 떠났던 노랑나비.

그 노랑나비가 다시 그를 찾아왔지만
비에 젖어 날지 못하고
마을 입구에서 파닥거리고 있었다.

2009.05.29 덕화정 순화원

그의 49재 때는
하느님이 편지를 보내 왔다.

노무현이 온다.
마흔아홉 날의 눈물을,
마흔아홉 날의 분노를
삼키지도 삭이지도 못한 채 하늘로 올라온다.
노무현이 온다.
나는 아직 그를 맞을 준비가 되어 있지 않은데,
너무 일찍 너무 서둘러 하늘로 올라온다.
노무현이 온다.
저기 저 땅 아직 그가 해야 할 일이 산더미처럼
쌓여 있는데 훌훌 다 털고 하늘로 올라온다.
노무현이 온다.
오늘 나는 깨끗하게 내 몸을 씻고,
정갈하게 새 옷으로 갈아입고
큰 사람 노무현을 맞는다.
나는 노무현에게 손을 내밀 것이다.
노무현은 내 손을 잡을 것이다.
맞잡은 두 손은 무엇을 의미하는가.
그것은 하늘이 노무현과 함께한다는 뜻이다.
노무현의 손을 빌려 당신과 내가 손잡는다는 뜻이다.
이제 하늘은 지켜볼 것이다.
노무현을 보낸 사람들이 눈물을 닦고 일어서는지.
노무현을 버린 사람들이 한 번 더 노무현을 버리는지.

노무현을 죽인 사람들이 그 칼을 누구에게 갖다 대는지.
이제 하늘은 도와줄 것이다.
노무현이 남겨 놓은 일을 내 몫으로 받아든 당신을.
노무현이 싸웠던 상대와 몸 부딪혀 싸울 당신을.
노무현이 죽지 않고 살아 있음을 증명해 보일 당신을.
이제 하늘은 내려갈 것이다.
시청 앞 광장 맨 앞자리에 당신과 함께 앉을 것이다.
노무현의 반대말인 조선일보를 당신과 함께 찢을 것이다.
당신과 함께 어깨 굳게 걸고 독재와 독선을 쓰러뜨릴 것이다.
인생에서 노무현을 빼면 아무것도 남지 않는다는 당신.
다시는 그의 웃음을 볼 수 없다고 허전해하지 마라.
아주 작은 비석을 쓸어내리며 허무해하지 마라.
노란색 손수건을 힘없이 흔들며 허탈해하지 마라.
무엇이 서러운가!
무엇이 두려운가!
오늘 당신은 노무현을 잃고 하늘을 얻었는데.

다시 살아나다

그는 죽었는가?

죽지 않았다.
죽었지만 죽지 않았다.

영원히 사는 길을 갔으니
죽지 않았다.

짧게 지고 길게 이길 것인가.
짧게 이기고 길게 질 것인가.
몸을 던져
그 대답을 들려줬기에
죽지 않았다.

죽지 않았으니 과거형을
쓰지 말자.

나는 노무현을 사랑했다,
라고 하지 말자.
나는 노무현을 사랑한다,
라고 하자.

CNN 방송과 인터뷰하는 모습이다.

그리고
사람.

봉우리를 향할 때도
봉우리에서 내려올 때도
그가 손에 꼭 쥐고 있던 단어.

노무현 대통령은 유머가 풍부했다. 비공식 행사에서는 재미
있는 행동으로 유쾌한 분위기를 주도했다. 초가 하나뿐인데
도 숨을 크게 들이마시며 장난스럽게 촛불을 끄고 있다.

죽지 않았으니 그가 쥐고 있던
사람이라는 단어도 여전히 따뜻할 것이다.
그 단어가 껴안고 있던 일곱 가지 성분
역시 따스할 것이다.

감사
긍정
도전
배려
희망
믿음
겸손

내 인생 앞에 놓으면 한없이
나를 부끄럽게 만드는 성분들.
이 미안한 성분들과 한 뼘씩만 더 가까워지자.

부산상고 동문 체육대회에 참석하여 시축을 하고 있다.

2007.02.23 녹지원 산책

그리고
발자국.

그가 남긴 노란 발자국.
한 걸음 한 걸음 그 발자국을 따라가 보자.

어려운 길이다.
어두운 길이다.
외로운 길이다.

지치고 목마르고 발바닥이 부르틀 것이다.
보폭을 비난하는 사람도 있고
걸음걸이를 흉보는 사람도 있을 것이다.

그래도 주저하지 말고 가자.
그래도 주저앉지 말고 가자.

발자국도 없는 길을
터벅터벅 홀로 걸어간 바보도 있지 않았는가.
내 앞엔 발자국이라도 있으니
그래도 다행 아닌가.

퇴임 이후 자연과 벗하며 살 방법을 배우기 위해 경기도 포천
군 우물목 마을을 둘러보고 국내 최대 자연생태식물원 평강
식물원에 들렀다. 노무현 대통령이 다녀간 곳이라는 입소문
이 나 관람객이 더 늘었다고 한다.

가다 보면 어느 순간
발자국이 끊어져 있을 것이다.
누군가 쓰러진 흔적이 보일 것이다.
더 가야 하는데 멈추고 만 곳이다.

그곳에서 잠시 발자국의 주인을 떠올리자.
그 발자국을 응원하던 사람들을 떠올리자.
그 발자국을 끊어 버린 사람들을 떠올리자.
그의 마지막 발자국이
어느 방향을 향하고 있는지 확인하자.

그리고 거기서 한 걸음만 더 가자.
딱 한 걸음만.

필리핀 순방을 위해 관저에서 출발하는 모습이다.

그것이 내가 해야 할 일이다.
그것이 내 두 다리가 해야 할 일이다.

나 다음에 누군가 또 이 길을 걸을 것이다.
내 발자국을 그대로 따라올 것이다.
내가 멈춘 곳에서 딱 한 걸음 더 걸을 것이다.

2007.05.03 청와대 집무실

발자국은
그렇게 이어진다.

내가 움직여야 이어진다.

노무현입니다
ⓒ 노무현, 정철

초판 1쇄 발행 | 2012년 5월 1일
초판 6쇄 발행 | 2024년 1월 15일

글   정철
사진   장철영
기획   사람사는세상 노무현재단
책임편집   정일웅, 고선향
디자인   박은진, 장혜림

펴낸곳   바다출판사
주소   서울시 마포구 성지1길 30 3층
전화   02-322-3885(편집), 02-322-3575(마케팅)
팩스   02-322-3858
이메일   badabooks@daum.net
홈페이지   www.badabooks.co.kr

ISBN   978-89-5561-638-5 03800